3回生きた王様

作／きみはらなりすけ
絵／白獣MUGEN

もくじ

1回目の王様

★王子様の誕生

　むかし、むかし、ある所に、「小さな王国」と呼ばれる王国がありました。その王国は、とても平和な王国で、争いごとは無く、人々は幸せに暮らしていました。人々が幸せに暮らせるという事は、その国の王様が、良い政治をしているという事です。政治とは、国民から少しずつお金を集めて、そのお金で、学校や、病院や、道路など、みんなのためになる物を作って運営したり、警察や裁判所を作って、悪い事をした人を捕まえて裁いたりして、治安を守ったりする事です。よい政治を行うと、悪い事をする人は居なくなり、国民は、いっしょうけんめい学び、働き、結果、みんなが幸せな、すばらしい国になるのです。さて、この平和で幸せな、小さな王国に、さらにすばらしい事が起こりました。それは、王様と、王妃様の間に、子どもが生まれたのです。そうです、王子様が誕生したのです！

「オギャー！　オギャー！」

大声で泣く王子様を抱いた王妃様が、王様に話しかけます。

「あなた！　元気な男の子ですよ！　ほら見て！　あなたにそっくり！」

「オギャー！　オギャー！」

王様は、自分の子どもである王子様を見て、涙ぐんで言いました。

「おお！　これが私の子か！　この国の王子か！　おお何とかわいらしい！　ベロベロベロバー！」

「キャハハハ！」

王様が、大声で泣く王子に向かって、ベロベロバーをすると、王子はキャッキャと笑いました。

「キャハ！　キャハハ！」

キャッキャと笑う王子を見て、王様も、王妃様も、本当に幸せそうな笑顔になりました。そして王妃様が、王様にたずねました。

「あなた、この子の名前は決めてあるの？」

「うん、決めたよ。この子の名前はロルフだ！　ロルフ王子だ！」

「まあ！　すてきな名前！　ロルフ、元気に、健康に育ってね。私の願いはそれだけよ」

王妃様は、優しく微笑んで、王子様の顔を愛しそうに眺めました。そして王様にたずねました。

「あなたはこの子にどう育って欲しいの？」

「うーん…」

王様は、急にたずねられて悩みましたが、少し考えてこう答えました。

「そうだな、この子には、やっぱり、国民のために働く人になってもらいたい。みんなが幸せになるような良い政治をして、立派な王様になってもらいたいんだ」

王様は、王妃様にそう言って、優しく王子様を見つめました。そして王妃様が言いました。

「そうね、あなたの子ですもの、きっとみんなのための政治をして、良い王様になるわ。楽しみね。ウフフ」

「ああ、まったくだ。たのんだぞロルフ！　未来の王様！」

「キャ！　キャハ！」

こうして、この物語の主人公、ロルフ王子が誕生したのです。今は王子ですが、将来、必ず王様になる、この物語の主人公なのです。

★王子様の成長

小さな王国に生まれたロルフ王子は、王様と、王妃様の愛情を受けて、スクスクと育っていきました。ロルフ王子は、お城の中では、将来、王様になるための、「王様教育」を受けました。国民から少しずつ、「税金」というお金を出してもらい、それを、教育や、福祉（病気の人や、お年寄り、体の弱い人などを助ける事）など、みんなのために使う事を教わりました。一方で、ロルフ王子は、社会勉強のため、庶民と同じ小学校にも通いました。学校に王子様が来ると聞いて、先生も、生徒たちも、最初はビックリして、きんちょうしましたが、ロルフ王子は、いばったりもせず、とても優しい子でしたので、先生も、生徒たちも、すぐにロルフ王子の事が好きになり、楽しい学校生活を送る事が出来ました。しかし、そんな中でも、ロルフ王子は、王子様としての視点を忘れませんでした。例えば、お昼休みの時間、生徒たちは、ぞれぞれ、お家の人が作ってくれたお弁当を持ってきて食べていたのですが、その食べ物の内容の差に、ロルフ王子は気付きました。例えば、サンドイッチの場合、普通の家庭の子は、ハムやたまごをはさんで来ました。普通のサンドイッチはこうです。しかしこれが、お金持ちの家庭の子だと、うすく切ったローストビーフがはさんであったりするのです。そんな時は、クラス中の生徒たちが、うらやましがりました。一方、あまり裕福でない家庭の子は、何もはさんでない、しかも少し固くなったパンだけを持ってきて食べていたのです。それを見て、ロルフ王子は悲しく思いました。

(世の中には、お金持ちの子と、そうでない子が居るんだな。これはとても悲しい事だ。ぼくが将来、王様になったら、こういう貧富の差を無くしたいな)

ロルフ王子は、そんな事を考えながら、何もはさんでないパンだけを持ってきた生徒の所へ行き、こっそりこう言いました。

「ねえ君、ぼくのお城のシェフが作ってくれたサンドイッチを食べてみないかい？ぼく、もうおなかがいっぱいなんだ」

そう言って、ロルフ王子は自分のサンドイッチを差し出しました。するとそこには何と、お金持ちの子のローストビーフよりすごい、最高級の厚いステーキがはさんであったのです！

「えぇ！　こんなすごいステーキ！　わたし、見たことない！　本当にいいの⁉」

「いいんだよ。ぼく、もうおなかいっぱいだから」

「ありがとう！　王子様！」

「シー！　静かに。みんなにはナイショだよ。さあ食べて」

「うん！」

貧しい生徒は、生まれて初めて、最高級のステーキがはさんであるサンドイッチを食べ、涙を流してよろこびました。

「うん！　モグモグ！　おいしい！　おいしい！　わたし、こんなおいしいサンドイッチ食べたの生まれてはじめて！　ありがとう！　王子様！　うわーん！」

それを見た王子が笑顔で言いました。

「なにも泣かなくたっていいじゃないか。ゆっくりお食べ。毎日というわけには行かないけど、またぼくが、おなかいっぱいの時には、わけてあげるからね」

「ありがとう！　王子様！　うん、おいしい！　おいしい！　うわーん！」

その子は涙を流しながら、でもよろこんで、ロルフ王子がくれたステーキのサンドイッチを、ほっぺたいっぱいにほおばって食べ続けました。その様子を見て、ロルフ王子はこう思いました。

（ぼくが将来、王様になったら、絶対にこういう食べ物の貧富の差はなくすんだ）

ロルフ王子はそう強く決意しました。

さて、こんなふうに、ロルフ王子は、お城では王様教育を受け、お城の外の、街や学校では、人々の暮らしを学びながら、成長していき、ついに、この小さな王国の成人年齢である、18才を迎える日がやって来たのです。

★王子様が王様になった！

小さな王国の、王様と王妃様の子ども、ロルフ王子様が18才の誕生日を迎えました。この国では、18才が成人年齢です。今までは、「こども」として扱われていた色々な事が、「大人」として扱われるのです。今までは、家の人がごはんを用意してくれましたが、大人になったら、自分で働いて、お金を稼いで、食べ物や、生活に必要な物を買って、生活していくのです。それが、自立というもので、大人になるという事なのです。さて、これが、お城の中の、王様の世界ではどうなのでしょうか？この小さな王国の、王様の世界でも、これは似たような所があって、王子様が

18才になると、何と、王様になるのです。えぇ!? 18才で王様!? まだ若すぎる！と思ったかも知れませんが、大丈夫です。王子様が、18才で王様になると、今まで王様だったお父さんは、大王様になるのです。そうして、若い王様に、王国の色んな仕事を任せながら、大変そうだなと思った時は、大王様が助けてあげたりするのです。そうして少しずつ、実際の王国の仕事を任せながら、一人前の王様になるように育てていくのです。王様という立場ですが、仕事を教えてもらいながら一人前になっていくという点では、新入社員と同じなのです。

さて、ロルフ王子が、18才の誕生日を迎え、いよいよ、国民の前で、王様になる宣言をする時が来ました。ロルフ王子が、お城の窓から城下を見下ろすと、大勢の国民たちが集まっていました。みな、新しい王様の誕生をお祝いしようと集まってきたのです。

「わあー！すごい！大勢の人たち！まるで、国中の人たちが集まってきたみたい。

この前でしゃべるのか。きんちょうするなあ」

ロルフ王子は、大勢の人を目にして、きんちょう気味です。そこへ、王妃様が優しく語りかけます。

「大丈夫よ、ロルフ。ほら、深呼吸すれば、きんちょうがおさまるわ」

「うん」（すぅー、はぁー）

ロルフは深呼吸しました。少しきんちょうが収まりました。王様もロルフを元気づけます。

「大丈夫だ、ロルフ。お父さんだって、18才の時にやったんだ。堂々と、胸を張って、私が新しい王様です！と言うんだ。そして、自分の言葉で、こういう国にしていきたい！という事を、国民のみんなに伝えるんだ。きっとみんな、応援してくれるはずだ」

王様のその言葉で、ロルフの心に勇気がわいてきました。

「はい！　わかりました、お父さん！　僕の気持ちを、国民のみんなに伝えます！」

「よし！　それじゃあ行こう」

「はい！」

そう言うと、王様と王妃様、そしてロルフ王子は、お城のバルコニーへ出て、国民に顔を見せました。「ワァー！」という歓声が上がる中、王様が、国民に話し始めました。

「国民のみなさん！　ようこそ集まってくださいました！　今日、私の息子のロルフは18才の誕生日を迎え、王子から、王になります！　今日から、このロルフが、王として、国民のみなさんのために働きます。私は、王から大王になり、ロルフの王としての仕事を支えてまいります。みな様！　どうか、この小さな王国の、新しい王様、ロルフ王を応援してあげてください！」

王様がそう言うと、国民たちは大歓声を上げました。

「王様ーー！　いや、大王様ーー！　いままでありがとう！」

「ロルフ王子様ーー！　いや、ロルフ王ーー！　応援しますよ！」

「新しい王様ーー！　はやく私たちにお言葉を！」

国民たちの、あまりにすごい歓声に、ロルフはおどろきましたが、うれしい気持ちもわき上がってきて、ついに、意を決して、国民に対してしゃべり始めました。

「小さな王国の国民のみな様！　お集まり頂き、ありがとうございます！　本日！　私は18才の誕生日を迎え、王子から、王になります！　まだまだ、若い王ではありますが、みな様の声を聞いて、良い政治を行い、この小さな王国を、今よりももっとすばらしい王国にして行きたいと思っています。争いのない、貧富の差もない、みんなが平等で、平和で、幸せに生きられる国、それが私の理想です！　国民のみな様！　どうか、応援、よろしくお願いいたします！」

ロルフがそう言うと、大歓声がわき起こりました。

「ワァー！　私たちの新しい王様！　ロルフ王の誕生だー！」

「この小さな王国と！　ロルフ王に！　祝福のあらんことを！」

「新しい王様！　バンザーイ！」

小さな王国の、新しい王様の誕生を、だれもがよろこびました。大王も、大王妃も、家来も、大勢の国民も、みんな笑顔です。その笑顔を見て、大歓声を聞いて、ロルフ王は、みんなの思いに応えるため、必ず良い政治を行って、この小さな王国を、もっとすばらしい国にしようと心に誓いました。

★王様の仕事

さあ、ロルフの、王様としての仕事が始まりました。王様の仕事とは、簡単にいえば、困っている人を助けて、みんなが幸せに生きられる世の中を作る事です。しかし、そうはいっても、困っている人を、全員助ける事は中々難しいのです。困っている人を助けるには、小さな親切で解決する場合もありますが、それだけで難しい場合は、国が助けてあげる必要があるのです。そして、そのためには、お金が必要になるのです。そのお金はどこから来るのかというと、それは、国民から少しずつ集めなければなりません。これが、「税金」というものです。税金が少ないと、国民は負担が減って楽になりますが、その分、国が助けられる人は少なくなるのです。逆に、たくさんの人を国が助けようとすると、その分、税金が必要になりますから、国民は、負担が増えて、生活が大変になるのです。そんな訳で、少ない税金で、どれだけたくさんの人を助けられるか？という事が、王様の腕の見せ所なのです。さて、ロルフ王が、最初に取り組んだ事、それは、学校に、無料の「給食」というものを作る事でした。ロルフは、子どもの頃、社会勉強のため、庶民と同じ学校に通っていましたが、そこで、お昼ごはんの時間に、お金持ちと、貧しい家庭の子の食事に、大きな差がある事を知りました。ロルフはずっとこの事が気になっていたのです。ロルフがおなかいっぱいの時は、貧しい子に食事を分けてあげる事ができましたが、それは毎回、ずっと続ける事は難しいのです。しかし、それを、国の仕事としてやる事にすれば、みんなで出し合った税金でやる訳ですから、ずっと続けられるのです。という訳で、ロルフは、王様としての初めての仕事に、「無料給食」という制度を作ろうとしました。裕福な家庭の子も、貧しい家庭の子も、同じメニューで、栄養たっぷりのごはんが、学校で毎日食べられる。そういう制度です。もしこの制度ができれば、子どもたちも、お家の人も、大よろこびです。さて、ロルフが、家来の大臣に、無料給食の実現について相談すると、こう答えが返って来ました。

「ロルフ王、それはすばらしいお考えです。しかし、それを実現するには、お金がかかります。どこから持ってくるのですか？」

「うーん、そうかぁ。それは問題だね」

ロルフ王は、この時初めて、国が良い事をするにも、お金が必要だという事を学びました。しかし、少し考えて、こう言いました。

「そうだ、お城の中の食事がちょっと豪華すぎるんじゃないかなあ？　僕が城下の学校に通っていたころは、お昼にステーキサンドイッチなんか持ってくる子は居なかったよ？　お金持ちの子でも、ローストビーフぐらいで、普通の子は、ハムやたまごぐらいだったよ。貧しい子はパンだけだったりしたけど。そんな訳で、別に貧しい方に合わせろとは言わないけど、お城の食事も、庶民の普通の方に合わせれば、その分の浮いたお金で、なんとかなるんじゃないかなあ？　どうだろう？　ちょっと計算してみてくれないかな？」

それを聞いた大臣は、こう答えました。

「うーん。確かに、大王様も、『こんなに毎日ステーキばかりでは、胃もたれを起こしてしまう。もう少しさっぱりしたものを出してくれ』と言われた事もございますから、ちょうどよい機会かもしれません。少し、お城のメニューを見直して、学校の無料給食が実現できるか計算してみましょう」

それを聞いたロルフは、よろこんで言いました。

「そうだよ！　この際、お城の中の、色んなお金の使い道を見直して、節約していこう！　節約！」

そう言うと、ロルフは、お城の中を歩き回り、家来たちにこう言って回りました。

「家来のみんな！　節約！　節約です！　お城の中のお金の使い道を見直そう！　そして、浮いたお金で、城下の学校に「無料給食」を実現するんだ！　裕福な子も、貧しい子も、みんな同じ、栄養たっぷりのメニューのごはんを、毎日無料で食べられるようにするんだ！　子どもたちも、親たちも大よろこびだ！　さあ、みんなで実現しよう！　節約！　節約です！」

そうやって、お城の中を飛び回っているロルフ王を見て、家来たちも、王の最初の仕事に協力しようという考えになり、お金の使い道を見直し始めました。それから、しばらくすると、計算を終えた大臣が、ロルフ王に結果を報告しに来ました。

「ロルフ王、結果が出ました。お城の中の、ぜいたくな食事を見直したり、色々な無駄をはぶいたりした結果…、無料給食が実現できる事になりました！」

「本当かい⁉ やったー！」

ロルフ王は、思わず大臣を抱きしめてよろこびました。大臣は、ちょっと困った表情も見せましたが、ロルフ王のあまりのよろこびように、自分までうれしくなりました。そしてその様子を見ていた2人の影がありました。大王様と大王妃様です。2人とも、今回のロルフの節約の案に、こっそり協力していたのです。2人とも、誰よりも、このお城のお金の使い道を知っていましたから、大臣や、家来たちと相談して、節約できる場所を探したのです。こうして、学校の無料給食を実現するお金を生み出す事ができたのです。２人とも、最初から協力すれば良かったのに、と思うかもしれませんが、２人は、この無料給食の実現を、ロルフ王の手柄にしてあげたかったのです。だから、こっそり協力したんですね。さあ、次は、国民のみんなに、無料給食が実現した事を、宣言する時です。ロルフ王は、城下に国民を集め、バルコニーから、自信に満ちた表情で、こう宣言しました。

「国民のみな様！ 私たちの小さな王国では、これから、学校で、食事を提供します！ 栄養たっぷりのメニューを！ しかも無料です！ これは、私が、城下の学校に通っていた時に感じた、子どもたちの持ってくるお昼ごはんに、差があるという事。これがずっと気になっていたのですが、私が、王様になった、初めての仕事として、この無料給食を実現いたしました！ お金の事は心配しないでください。お城の中の無駄を見直して、節約する事で、余ったお金が出てきたのです。みなさんの税金は増えません！ 安心して、お子さんたちに、無料給食を食べさせてください！」

ロルフ王がそう言うと、集まった国民から歓声が上がりました。

「それはすばらしい！」

「なんて立派な王様なんだ！」

そうです。国民の多くは、無料給食が実現したら良いなと思っていたのです。とくに、貧しい家庭の人たちは、その事を強く望んでいました。だからみんな、大よろこびしました。大よろこびの人々の中に、あの子がいました。そうです、ロルフが学校で、食事を分けてあげた、あの貧しい家庭の子です。大きくなったその子は、子どもを抱いていました。貧しいがゆえに、若くから働き、子どもも若くして出来たのです。これから子育てにお金がかかると、将来を不安に思っていた時でした。その時、あの、食事を分けてくれたロルフ王子が、今度は王様になって、学校の無料給食を実現してくれたのです。その子は、涙を流してこう言いました。

「ありがとう、ロルフ王。あなたはすばらしいお方です。私はあなたを誇りに思います。これからもずっと応援します。わたしたち国民を見守っていてください。ロルフ王！　バンザーイ！」

その子がそう言うと、周りの国民たちもみな、ロルフ王を祝福しました。

「ありがとう！　ロルフ王！」

「ロルフ王に祝福を！」

「ロルフ王！　バンザーイ」

国民は、みなよろこびました。本当に良い王様が誕生したと思いました。

こうして、ロルフ王は、国を良くするため、困っている人を助けるため、次々に仕事をこなしていきました。ロルフ王は、自分の事を忘れるくらい、本当に国民のために働きました。そして、長い長い時間が過ぎていきました。

★王様の心残り

小さな王国のお城の中、一人の年老いた老人が、ベッドで横になっています。そうです。これは、年老いたロルフ王です。長い間、ロルフは王様として国民のために働き、ついに80才になりました。そして、王様としての役目を終え、今まさに、天国へ旅立とうとしている所なのです。ロルフは、今までの80年間の人生を、走馬灯のように思い返していました。

「はぁ。この80年間、私はよく働いた。学校も作ったし、大学も作った。孤児院も作ったのう。成績優秀なのに、貧しくて大学に行けない子には、奨学金という制度を作り、国が学費を出してあげた。その子が大学を出て、『王様！　私はこの小さな王国のために働きたいです！　どうかこのお城で雇ってください！』と言ってくれた時はうれしかったのう。ふふふ。その子はついに大臣にまでなり、私の仕事を支えてくれた。うれしい事じゃ」

ロルフは、微笑みながら、窓の方へ目をやり、空を見ました。そしてまた、色んな事を思い返しました。呼吸はだんだんとゆっくりになってきました。

「ふぅ。それから私は、病院や、医療研究所も作ったなあ。私の父が、病気で亡くなった時、この国の医療がもっとよければ、父上ももっと長生きできたかもしれないのに。そう思い。私は国の医療にも力を入れた。その結果、国民の寿命は伸びた。みな元気で長生き。すばらしい事じゃ」

ロルフの目が、自然に、ゆっくりと閉じました。呼吸もさらに弱くなって来ました。

「すぅ。医療と言えば、となりの国で戦争が起きた時に、けがをした人たちを受け入れて、治療してあげた事もあった。戦争だけはよくない。罪もない人々や、未来のある子どもたちが、次々に戦争の犠牲になり、殺されてしまうんじゃ。だから私は、この小さな王国は、武器を持たず、永遠に戦争をしない、平和な中立国である事を宣言したのじゃ。それを維持するための外交は大変じゃったが、ついに私の王国は、戦争を起こさず、巻き込まれず、平和に過ごす事ができた。これだけは本当に誇りじゃ」

これは本当にそうです。戦争は、人々が殺し合い、罪のない人たちや、子どもたちまで殺されてしまう、絶対にやってはいけない事なのです。ですから、この小さな王国の国民たちは、本当にロルフ王に感謝しました。学校を作り、大学を作り、孤児院を作り、無料給食や、奨学金という制度も作り、病院も作り、研究所も作り、そして、戦争も一度も起こさず、平和で豊かな国を作りました。国民たちは、ロルフ王を、最高の王様だと称えました。ロルフもその国民たちの声を聞き、自分は王様として、最高の働きをしたのだと、自分の人生に満足しました。しかし、その時、ロルフの閉じた目から、一筋の涙がこぼれました。

「私は本当に、国民のために尽くして働いた。国民も、その働きを認めてくれて、私を最高の王様とほめてくれた。そういう意味では、悔いのない人生じゃった。しかし、たった一つだけ、未練があるとすれば、本当に愛する人にめぐりあい、結婚し、自分の子をもうけて育てる。そういう事も、してみたかったのう」

そうです。ロルフは、王様として、本当に国民のために働きました。しかし、そのせいでしょうか、自分の幸せを探すという事があまり出来なかったのです。結果、生涯を通して、本当に愛する人にはめぐりあえず、子どももうける事ができなかったのです。ロルフはそれだけが心残りでした。

「もし、違う人生があるならば…、人生をやり直せるならば…」

ロルフは最後に、胸にそういう思いをいだきながら、息絶えました。

ここに、国民のために働き、国民に愛された、ロルフ王80年の人生は幕を下ろしました。

すばらしい王様の物語でした。しかし、この物語はまだ続くのです。

★王様と女神様

ロルフが息絶えると、魂が体からはなれ、天に登り始めました。

「ああ、人が死ぬと、こうなるのか。私はこれから、天国にでも行くのか」

ロルフがそんな事を考えていると、天からまばゆい光がふりそそいで来ました。ロルフは思わず目を閉じましたが、だんだんと光に慣れてきて、目をゆっくりと開けました。するとそこには、背中に羽を生やした、美しい女性が、光に包まれ、空に浮かんでいました。ロルフはおどろいてたずねました。

「あ、あなたは？　天使様？　それとも、女神様でしょうか？　私はこれから、どうなるのでしょうか？」

ロルフの問いに対し、女神は微笑みながら、優しく答えました。

「ロルフ、私は天国から来た女神です。私は、あなたが生まれてから死ぬまでの間、ずっとあなたを見守っていました。あなたは80年間、人生をささげ、王様として、立派に働きましたね。あなたの働きのおかげで、多くの人々が、人生を幸せに送る事ができました。これはすばらしい行いです。神にも並ぶ、善い行いをしました。あなたは天国に来る資格があります。だから私は、あなたを迎えに来たのです」

それを聞いて、ロルフは涙を流してよろこびました。

「ああ！　女神様！　あなたは、私の働きを見ていてくださったのですね。ああ！　何とうれしい事だ。女神様！　私は孤独でした！　父も母も亡くなった後、国民は私を愛してくれましたが、私は、一人の人間としては孤独でした。孤独の中で、国民のために働きました。でも、その働きを、あなたは見ていてくださった！　こんなにうれしい事はない！　女神様！　ありがとうございます！　さあ！　私を天国へ！」

ロルフのその言葉を聞いて、女神様もよろこびましたが、一つ、ロルフに問いかけました。

「ロルフ、あなたは本当にすばらしい人間です。すばらしい人生を送りました。しかし、死の間際に、一つ、思い残しがあったようですね？」

女神のその言葉を聞いて、ロルフは、ハッとしました。そうです。ロルフは死の間際、生涯を通して、愛する人に出会えず、子をもうける事が出来なかった事を悔やんだのです。

「そ、それは…、そうです。私は、王として国民のために働きました。国民もみなよろこんでくれました。そういう意味では、幸せな、満足な人生だったと思います。しかし、私は、一人の人間としては、愛する女性に出会う事が出来ませんでした。自分の子をもうける事ができませんでした。だから人生の最後に、『違う人生があるならば、人生をやり直せるならば』と思ってしまったかもしれません」

天国へ行けるとよろこんだロルフでしたが、人生でやり残した心残りの事を考えると、少し気持ちが落ち込んでしまいました。それを見た女神は、ロルフに優しくこういいました。

「ロルフ、やはりこの世に心残りがあるのですね？　よろしい、あなたに一つ、選択を選ぶ機会をあたえましょう。あなたにもう一度、人生をやり直すチャンスをさしあげます。あなたは本当に人々のために働きました。その善い行いに対する、天からの、特別のごほうびです。どうしますか？」

それを聞いたロルフはおどろきました。

「人生を、やり直す事ができるのですか!?　愛する人にめぐりあい、子をもうける。そんな人生を歩む事ができるのですか!?」

それに対し、女神が答えました。

「はい、あなたがそう強く願えば、そのような人生を送る事ができるでしょう。当然、人の人生に、絶対という事はありません。選択をあやまれば、不幸になる事もあるかもしれません。しかしあなたが、本当に、愛をつかみたいと強く願えば、その願いは叶うでしょう。私もそのように祝福をあたえます。どうしますか？」

それを聞いたロルフは、迷う事無く答えました。

「女神様！私は愛を知りたい！愛をつかみたい！たとえ選択をあやまり、不幸になる事があったとしても、必ず愛をつかんでみせます！どうか私に、2度目の人生を！」

ロルフは女神に、そう強く、懇願しました。それに対し、女神が答えました。

「わかりました。しかし、2度目の人生とはいっても、1度目の記憶は全て無くすのです。全てが0に戻ります。ただ、あなたの胸に、愛をつかみたいという強い願いと、私の祝福だけが残ります。それでもよいのですか？」

女神から、全ての記憶がなくなると聞いたロルフでしたが、迷いはありませんんで

した。

「はい！　私に迷いはありません！　どうか私に！　2度目の人生を！」

ロルフは女神に、真剣なまなざしで、懇願しました。それを見た女神は、こう答えました。

「わかりました、ロルフ。それでは、あなたに、2度目の命をあたえましょう。ロルフ！　あなたに、愛の祝福のあらんことを！」

女神がそう言って、杖を振りかざすと、ロルフの魂は、みるみる若返り、生まれたての赤ん坊になりました。そして、空の太陽と月は、ものすごい勢いで逆回りを始め、またたく間に、80年が巻き戻り、ロルフの生まれた時代に戻りました。空に浮かんでいた、赤ん坊になったロルフの魂は、今まさに生まれた、赤ん坊のロルフの体に吸い込まれていきました。

「オギャー！　オギャー！」

お城の中では、王様も、王妃様も、家来たちも、ロルフの誕生をよろこんでいます。

女神も、その光景を見て、微笑みました。でも、次の瞬間、少しだけ心配そうな表情を見せました。でも、ロルフなら大丈夫。そう信じて、天へと昇っていきました。

2回目の王様

★2回目の王様

「オギャーー！　オギャーー！」

今、小さな王国のお城の中で、王様と王妃様の子ども、ロルフが生まれました。ロルフの2回目の人生の始まりです。1回目の人生の記憶は全くありません。また新しく、1から人生を始めるのです。お城も同じ、王様も、王妃様も同じです。でも、何かが違います。そこには、1回目のロルフの人生の魂から受け継がれた強い願いと、女神の祝福がありました。

「ベロベロバー！」

「キャハ！ キャハハ！」

王様が、赤ん坊にベロベロバーをすると、赤ん坊はキャッキャと笑いました。それを見た王様も、王妃様も、本当に幸せそうな笑顔です。王妃様が、王様にたずねました。

「あなた、この子の名前は決めてあるの？」

「うん、決めたよ。この子の名前はロルフだ！ ロルフ王子だ！」

「まあ！ すてきな名前。ロルフ、元気に、健康に育ってね。そして、将来、必ず、すてきな人を見つけて、幸せになってね。私と王様みたいに。ね、あなた！」

王妃様は、そう言って、王様へ愛するまなざしを向けました。王様は、照れながらも、こう答えました。

「うん、そうだな！ すてきな人に出会って、結婚して、子をもうける！ それこそが最高の幸せだ！　私と王妃みたいに。なあ、おまえ！　今日もきれいだよ！」

それを聞いて、王妃様は、はずかしがりました。

「まあ、あなたったら！　何ですか急に、はずかしい。でもうれしいわ。ありがとう！　うふふ」

そうです。王様と王妃様は、今でも、初々しく愛し合っているのです。何と仲むつまじい夫婦でしょう。そうして少し、イチャイチャしたあと、王様がロルフに話しかけました。

「ロルフ。将来、必ずいい人を見つけるんだぞ。そして、結婚して、はやく孫の顔を見せておくれ！」

それを聞いた王妃様は、びっくりして、笑いながら言いました。

「まあ！　あなたったら！　もう孫の話ですか⁉　ロルフは、まだ生まれたばかりですよ！　うふふふ！」

「そうだったね！　あははは！」

「もう、あなたったら！　うふふふ！」

仲良さそうに笑う二人を見て、ロルフもつられて、うれしそうにキャッキャと笑いました。

「キャハ！　キャハハハハ！」

「まあ！　あなた！　またロルフが笑ったわ！」

「おおー！　ロルフー！　かわいいのうー！　お父さんだよー！　ベロベロバー！」

「キャハ！　キャハハハハ！」

「あははは！」

「うふふふ！」

いつまでも笑いの絶えない３人。王様と、王妃様と、ロルフ王子。本当に幸せそうな瞬間でした。

こうして、ロルフの2回目の人生が始まりました。1回目の人生と同じようでいて、でも、どこかが違う、2回目の人生です。ロルフの1回目の人生の魂から受け継がれた強い願いと、女神の祝福が、新しい人生を生み出したのです。はたして、ロルフは幸せになれるでしょうか？　それは全て、ロルフの人生の選択にかかっているのです。

★王子様と女の子

ロルフは、2回目の人生でも、すくすくと成長していきました。そして、1回目の人生と同じように、お城の中では、将来、王様になるための、「王様教育」を受けました。でも、1回目の人生の時と比べて、ロルフの気持ちは、少し違っていました。

（確かに、王様として、国民の幸せのために働く事は、すばらしい事だ。でも、ぼくには、他に大切な事があるような気がするんだ。それは、なんなんだろう？　この胸に、何か大切なものがあるような気がする）

ロルフは、王様教育のあいだも、そんな事を考えていました。そして、両親である、王様と、王妃様の事を思い浮かべました。

（僕のお父さんとお母さんは、とても仲良しだ。そしていつも、ぼくにこう言ってくる。「お前も将来、すてきな人を見つけるんだぞ」って。ぼくもそれは、すばらしい事だと思う。それこそが、ぼくがすべき事なんじゃないだろうか？）

ロルフは、そんな事を考えながらも、王様教育を受け続けました。そしてまた、１回目の人生と同じく、社会勉強のために、庶民と同じ小学校へ通い始めました。ロルフは、１回目の人生と同じく、学校の生活を通して、庶民には、裕福な子や、貧しい子、色々な子がいる事を学びました。そしてあの、お昼の時間がやってきました。そうです、ロルフが、お昼ごはん中に、固くなったパンだけしかもって来れなかった子に、ステーキサンドイッチを分けてあげようとした時の事です。1回目の人生の、あの時と同じ事が起こりました。でも、少し、違っていたのです。

「ねえ君、ぼくのお城のシェフが作ってくれたサンドイッチを食べてみないかい？ぼく、もうおなかがいっぱいなんだ」

「ええ！こんなすごいステーキ！わたし、見たことない！本当にいいの⁉」

「いいんだよ。ぼく、もうおなかいっぱいだから」

「ありがとう！王子様！」

「シー！静かに。みんなにはナイショだよ。さあ食べて」

「うん！モグモグ！おいしい！おいしい！わたし、こんなにおいしいサンドイッチを食べたの生まれてはじめて！ありがとう！王子様！うわーん！」

美味しさのあまり、泣き出したその子を見て、ロルフは、その子が愛おしく感じるようになりました。

（この子、素直でかわいいな。他の女の子たちは、変に上品ぶってる子がいたり、いじわるな子がいたり、らんぼうな事をする子までいるけど、この子は本当に優しい子だ。この子は、動物の世話をしたり、花に水をあげたり、本当に優しい心を持っている）

ロルフは、そんな事を考えながら、泣きながらサンドイッチをほおばるその子の顔を、愛おしそうに、ながめていました。そして、そっとハンカチを取り出しました。

「ほら、泣かないで、涙をふいてあげる。ゆっくり食べて良いんだよ」

そう言って、ロルフは、その子の涙をふいてあげました。でも、そうされた事で、その子の涙はますますあふれてきました。

「うわーん！　ありがとう！　王子様！　ありがとう！　おいしい！　うわーん！」

泣きながら、でもよろこんで、サンドイッチをほおばるその子を見て、ロルフは、この子を守ってあげたい。そう思うようになりました。そうして、その女の子が、ようやくサンドイッチを食べ終えると、ロルフがこう言いました。

「きみ、マリナって名前だったよね？」

その子は、マリナという名前の子でした。そして、ロルフが自分の名前を知っていてくれた事におどろき、よろこんでいいました。

「はい！　私、マリナです！　うれしい！　王子様、私の名前、知っていてくれたんですね！」

それを聞いて、ロルフは答えました。

「うん、クラスの子の名前は全員知ってるよ。そして、それぞれ、どんな性格の子かって事も、こっそり見て調べてたんだ。マリナ、君は、とっても優しい子だね。動物の世話をしたり、花に水をあげたりしているのを、いつも見ていたよ。君は本当に、心の優しい子だ。ぼく、そういう子、すきだよ」

ロルフのその言葉を聞いたマリナは、おどろいて、いっしゅん、固まった感じになり、こう言いました。

「え!? あ、ありがとうございます！ 王子様、私、ほめてもらえて、とてもうれしいです！」

マリナは、かしこまって、そう返しました。でも、「すき」という言葉が、どういう意味なんだろうかと思い、ドキドキして、顔が赤くなり、うつむいてしまいました。それを見たロルフは、自分もちょっとドキドキしてしまいましたが、何を思ったのか、急にこう言い出しました。

「ねえ、きみ、よかったら、将来、ぼくと結婚しないかい？ ぼく、はやく、将来結婚する人を見つけたいと思ってるんだけど、マリナは優しい子だから、いいかなって思って。どうだろう？」

ロルフの突然の求愛の言葉を聞いて、マリナは言葉を失ってしまいました。

「え!? あ、あの、私、うれしいですけど、まだ、そういう事は、わかりません。まだ、こどもですから…」

マリナは、失礼にならないように、言葉を選びながら、そう答えました。本当は、とてもうれしかったのです。でも、まだこどもですし、何より、王様と、貧しい自分では、身分が違いすぎて、絶対に結婚なんて許されないと思ったのです。それを聞いたロルフはこう言いました。

「うん。そうだよね。まだわからないよね。おたがいこどもだし。でも、今日ぼくが、マリナの事を、すきだと思ったのは本当の事なんだ。だから…そうだ! 将来、大人になったら、もう一回いうから、その時また考えてよ。ね?」

ロルフのその言葉を聞いて、マリナは笑顔でこう答えました。

「は、はい! 大人になったら!」

「よし！　約束だよ！　あはは！」

「はい！　あはは！」

そうやって、二人はすっかり仲良しになりました。小さな、かわいらしい恋でした。でも、お別れの時はすぐにやって来ました。ロルフの社会勉強が終わると、ロルフはお城へ帰って行ってしまったのです。ロルフはまた、王様教育がいそがしくなり、だんだんとマリナの事は忘れていきました。しかし、マリナは違いました。ロルフとの思い出を、大切に心の中にしまい、いつか、ロルフが迎えに来てくれるかもしれないという小さな期待を、ずっと持ち続けていました。身分違いの恋。でも、いつかきっと、ロルフが迎えに来てくれる。そんな日を夢見て、マリナは、貧しいながらも、けんめいに日々を送っていきました。

★ロルフの旅立ち

こうして、ロルフは、２回目の人生を、１回目とはちょっとずつ違う感じに生きてきましたが、18才の成人を迎えた時、１回目の人生とは全く違う、大きな決断をしたのです。それは、こういう風でした。ロルフが18才の誕生日を迎える前の日の事です。ロルフが、王様と王妃様にこう言いました。

「父上、母上、僕をここまで育ててくださって、ありがとうございます。僕はとても感謝しています」

「どうした？ ロルフ、あらたまって？」

「そうよ、ロルフ。何かあったの？」

急にあらたまった話をしだしたロルフに、王様も、王妃様も、ふしぎに思い、心配して、そう声をかけました。それに対してロルフが言いました。

「父上、母上、明日は戴冠式ですが、僕は王様にはなりません！」

「えぇ！　なんだって!?」

「そうよ！　どうしたのロルフ!?」

おどろく王様と王妃様に、ロルフは真剣に話をしました。

「僕は、やりたい事があるんです。本当に愛する人を見つけたいんです。そのために僕は、世界を旅して、色んな人とふれあって、その中で、本当の愛を見つけたいんです。王様になって、お城の中にいれば、お見合いの話もあるかもしれませんが、でも、それではだめな気がするんです。僕は、自分の力で、本当に愛する人を見つけたいんです。父上、母上、お許しくださいませんでしょうか？」

「うーむ…」

「ロルフ…」

王様と王妃様は、ロルフの言葉におどろきましたが、その真剣な表情と話しぶりに、ロルフの本気さを感じ取りました。そして、しばらく悩んだあと、王様が、ロルフにこう言いました。

「わかった、ロルフ。お前の真剣さはよくわかった。よろしい。お城の仕事の事は全て忘れ、旅に出るが良い！」

「あなた!?」

「父上！」

王様の予想外の答えに、王妃様も、ロルフもおどろきましが、王様が話を続けました。

「ロルフ、確かにお前の言う通りだ。愛こそ最上だ。私も愛を見つけたからこそ、幸せになれたのだ。なあ、お前」

王様はそう言って、王妃様を見つめました。

「あなた…」

王妃様が、はずかしそうに目を伏せました。それを見て微笑むロルフ。そこへ王様が続けました。

「行って来い！　ロルフ！　そして広い世界を見てくるのだ！　そしてその中で、真実の愛を見つけ出すのだ！」

王様のその言葉に、ロルフは飛び上がってよろこびました。

「父上！　お許しくださり、ありがとうございます！　必ず、真実の愛を見つけてまいります！」

その言葉を聞いて、王妃様も、ロルフを応援しました。

「ロルフ！　がんばってね！　必ず、すてきな人を見つけてくるのよ！」

「はい！　母上！　がんばります！」

こうして、2回目の人生のロルフは、18才で王様にはならずに、愛する人を探す旅に出る事になったのです。はたして、ロルフは、真実の愛を見つける事ができるのでしょうか？

★愛を探す旅

次の日、ロルフの18才の誕生日、お城のまわりには、ロルフの戴冠式を見るために大勢の国民が集まりました。しかし、式はいっこうに始まりません。国民たちが、どうしたのかと、ざわざわし始めると、お城の者が出てきて、門に一枚の紙をはりました。そこには、こう書かれていました。

「ロルフ王子は、王様にはならない事になりました。愛する人をさがす旅に出ます。もし、愛する人を見つけて戻ってきても、王位を継ぐかどうかはわかりません。以上」

それを見た国民たちは、おどろいて、それぞれ話し始めました。

「えぇ！　ロルフ王子は、王様にならないの⁉　じゃあ今の王様がずっと続けるのかな？」

「愛する人をさがすって、もしかして、私たちにもチャンスがあるのかしら？」

「きっとそうよ！　でも、将来、王位を継ぐかはわからないって書いてあるわ。という事は、もし、ロルフ王子に選んでもらえても、王妃様にはなれないかもしれないのよ？」

「うーん。もしそうなら、お姫様みたいなドレスを着たり、裕福な暮らしをしたりはできないわね」

「えー。それじゃあ、良い結婚相手とは言えないわね」

「ほんとね。でも、そんな事いったら悪いわよ」

「そうね。あははは！」

こんな風に、みんな、ロルフの事について、勝手なうわさばなしをしましたが、やがて、みんな、帰って行きました。最後に、一人、若い女性が残っていました。そうです。それは、マリナでした。そう、小さいころ、ロルフ王子に、サンドイッチを分けてもらった、あのマリナです。マリナは、ロルフの1回目の人生では、この時、子どもを抱えていました。でも、今回は、子どもはいません。マリナは、ロルフに小さいころ言われた、「将来、結婚しないかい？」という言葉を、ずっと胸にしまって、大切にして来たのです。もしかしたら、本当に、ロルフが迎えに来てくれるかもしれないと、わずかな希望を持っていたのです。ですから、マリナは、他の男の人から求愛されても、「はい」とは言わなかったのです。でも、同時に、王子であるロルフが、貧しい私なんか、選んでくれるはずはない。身分が違いすぎる。そんな事も思ったりしていました。しかし、ロルフが、王位を継がないかもしれないという話を聞いて、それなら、もしかしたら、私を迎えに来てくれるかもしれない。そう、希望を持ったのです。ロルフは愛を探す旅に出ましたが、帰ってくるまで、もう少し待ってみよう。マリナはそう心に決め、また、貧しいけれど、でも希望のある暮らしに戻っていきました。

さて、愛する人をさがす旅に出たロルフでしたが、結論から言うと、3年間、旅をしましたが、愛する人は見つけられませんでした。（この旅のお話は、また別の機会にいたしましょう）それどころか、旅の最後には、悪い女の人にだまされて、身ぐるみはがされて、一文無しになって帰って来たのです。

「み、みずを…、た、たべものを…」

小さな王国に、みすぼらしい男が、今にもたおれそうになって、歩いてやって来ました。そうです、これがロルフです。でも、そのあまりのみすぼらしさに、だれも、ロルフ王子だとは気付きませんでした。それどころか、病気でもうつされては大変だと、だれも助けようとしませんでした。すると、ついに、ロルフはゆきだおれてしまいました。だれも、近寄ろうとはしません。しかし、その時です。一人の若い女性が、ロルフにかけ寄りました。

「もし、あなた、大丈夫ですか？　いま、水をさしあげます」

その女性がそう言って、水筒を差し出すと、ロルフは、水筒をうばうようにして、両手でがっしりとつかみ、ものすごい勢いで水を飲み始めました。

「うっ！　ごくん！　ごくん！　うっ！　うまい！　生き返る！　うっ！　ごくん！　ごくん！　うまい！」

若い女性は、ロルフのその様子を見て、気の毒に思いましたが、助けてあげられるのは自分だけだと思い、次に、持っていたパンを差し出してこういいました。

「もし、あなた、おなかも空いているの？　これ、たべる？　なにもついてない、ただのパンですけど」

ロルフは、そのパンを見るやいなや、また、うばうようにして、パンをつかみ、ものすごい勢いで、むさぼるように、パンを食べ始めました。

「うっ！　もぐもぐ！　うっ！　うまい！　おいしい！　ただのパンなのに！　こんなにうまいものは初めてだ！　もぐもぐ！　うまい！」

ロルフはそう言って、涙を流しながら、ただのパンを、むさぼるように食べ続けました。その様子を見た若い女性も、ロルフに同情して、涙を流しました。そうして、ついにパンを食べおえたロルフは、涙を流して、その女性にお礼を言いました。

「あ、ありがとうございました。あなたは、私の命の恩人です。どうか、お名前をお聞かせください」

ロルフは、その女性に、すがるようにして言いました。それに対し、その女性は、女神様のように優しい笑顔を見せて、こう答えました。

「私は、マリナです。うふふ」

マリナ。その名前を聞いて、ロルフの体に、しょうげきが走りました。そして、一瞬にして、幼い日の事を思い出したのです。あの、学校で、サンドイッチを分けてあげた、あの、貧しかったマリナ。そして今、みすぼらしい自分に、水とパンをあたえてくれた、この、女神のような優しい女性。その女性も、マリナ。そう言われてみれば、この美しい女性の優しい笑顔は、あの、小学校でいっしょだったマリナに似ている。そう思ったロルフは、おそるおそる、たずねました。

「マリナ…、もしかして、君、小学校で、サンドイッチを分けてあげた…、あの…マリナ…？」

その言葉を聞いて、マリナの方も、体にしょうげきが走りました。その話を知っているのは、世界でただ一人、ロルフだけです。そして、その目。今はみすぼらしい身なりをしていますが、その目は、確かにロルフの優しい目でした。マリナは確信を持って言いました。

「はい！　私、そのマリナです！　そして、あなたは！　ロルフ！」

「マリナ！」

その時、二人は、全てを理解しました。あの、二人、小さかった頃の思い出。サンドイッチを分け合った事、そして、小さな結婚の約束。そして今、ゆきだおれのロルフを助けてくれた、マリナの優しさ。ロルフは、今、ついに、真実の愛を見つけたと思いました。僕が結婚するのはこの人だ。そう、強く確信しました。そして、ついに、こういったのです。

「マリナ！　ぼくと、結婚してください！」

マリナは迷いなく答えました。

「はい！　ロルフ！　私、ずっと待っていました！　愛しています！　ロルフ！」

そう言うと、二人は涙を流して、抱きしめ合いました。長い時間をかけて、ついに二人は、真実の愛にめぐりあったのです。

★二人の将来

こうして、ロルフは、マリナという、最愛の人を見つけました。そして、ロルフは、お城で、両親である、王様と、王妃様に、マリナを紹介しました。

「父上、母上、私は、旅では、愛する人を見つける事ができませんでした。しかし、旅の終わりに、悪い者にだまされ、一文無しになり、必死の思いで国にもどり、ゆきだおれになっていた所を、助けてくれたのが、この、マリナです。マリナは私の命の恩人です。そして、マリナは、小さい頃、同じ学校に通っていた子だったのです。マリナは、小さい頃から、心の優しい子でした。その優しさを、マリナは今でも持っていて、私を助けてくれたのです。真実の愛は、身近な所にありました。父上、母上、私はマリナと結婚します。どうかお許しください」

その言葉を聞いて、王様と王妃様は、ロルフとマリナの元にかけ寄ってきました。

「ロルフ、良く無事で戻った！　そして、真実の愛を見つけたのだな！　私はうれしいぞ！　はっはっは！」

王様は、うれしそうに言いました。王妃様も、うれしさのあまり、目をうるませながら言いました。

「ロルフ、本当に無事で良かった！　そして、マリナ。ロルフを助けてくれて、ありがとう。心から感謝します」

マリナは、王様と王妃様に、深々とえしゃくをして言いました。

「王様、王妃様、身にあまる光栄です。でも、私は、当たり前の事をしたまでです。それに、ロルフ王子は、小さい頃、貧しかった私に、食事を分けてくださったのです。ロルフ王子こそ、本当に心の優しいお方です。私は、ずっと、ロルフ王子をお慕いしておりました。しかし、身分違いの恋だとあきらめておりました。でも、ロルフ王子は、こんな私を、選んでくださったのです…こんなに幸せな事はありません…」

そこまで言うと、マリナは涙で言葉がつまってしまいました。それを見たロフルは、そっとマリナの肩を抱き寄せました。マリナの涙はますますこぼれました。それを見た、王様と王妃様も、目をうるませています。一息ついて、王様がまた話し始めました。

「とにかく、めでたい！　結婚を許そう！」

その言葉を聞いて、王妃様も、ロルフも、マリナもよろこびました。

「あなた！　よかったわね！　二人とも！」

「父上！　母上！　ありがとうございます！　マリナ！　やったよ！」

「ロルフ！　王様！　王妃様！　ありがとうございます！」

みんな大よろこびです。王様も、大よろこびで、こう言いました。

「よし！　国をあげて！　盛大に二人の結婚を祝おう！　ロルフの戴冠式もいっしょに

行って、最高のお祝いにしよう！　はっはっは！」

しかし、王様がこう言うと、ロルフとマリナは、すまなそうな表情になりました。

そして、ロルフが言いました。

「父上、母上、申し訳ありません。その事ですが…、僕は、王位を継ぎません」

それを聞いた、王様と王妃様はおどろきました。

「えぇ！　何だって!?」

「ロルフ！　どうして!?」

それに対して、ロルフが答えました。

「これは、僕とマリナが、真剣に話し合った結論です。僕は、マリナを愛していま
す。マリナを幸せにしたいんです。それ以外、なにも望みはありません。そして、マ
リナは、とても自分には、王妃などつとまらない、そう言っています。つつましく
も、二人で平和に暮らせれば、それで幸せだと。だから、僕は、王位は継がす、平

民として生きます。でも、心配しないでください、親子の縁を切る訳ではありません。この小さな王国で暮らします。父上、母上、どうか、私のわがままを、お許しください」

そう言うと、ロルフは、地にひざをついて、深々と頭を下げました。まるで、平民が、王様におじぎをするように。そのロルフの姿を見て、王様と王妃様は、ロルフの決断を、受け入れようと思いました。

「わかった。ロルフ。無理は言わん。お前の気持ちを尊重しよう。マリナと二人、力をあわせ、つつましく、この小さな王国で暮らすが良い」

「あなた!?」

「父上! ありがとうございます!」

「王様! ありがとうございます!」

王様の言葉を聞いて、ロルフもマリナもよろこびました。しかし、王妃様は、少し残念がっています。そこへ王様が言いました。

「なに、別に親子の縁を切る訳ではない。家族である事には変わりないのだ。これまでどおり、仲良くすればいいのだ。なあ、お前」

王様のその言葉を聞いて、王妃様も、なっとくしたようでした。

「そうね、王位を継がなくても、ロルフが私のかわいい息子である事に変わりないわね。そして、マリナ、あなたはかわいいお嫁さんよ！ 仲良くしてね！」

その言葉を聞いて、マリナは目をうるませて言いました。

「はい！ 王妃様！」

「あらやだ、王妃様なんて呼ばないで、お義母さんよ！ さあ、いってちょうだい」

「は、はい、お、お義母さん…」

マリナのそのぎこちなさに、その場にいた全員が笑ってしまいました。

「あはははは！」

赤くなるマリナ。そこへさらに、王様がこう言いました。

「マリナ。私からもよろしくたのむよ。はやく、赤ん坊の顔を見せておくれ！」

その言葉を聞いたマリナは、さらに赤くなって答えました。

「はっ!? はい、がんばります、王様…」

「こら！ わしも王様でなく、お義父さんじゃ！ さあ、いってごらん」

「はっ!? はい、がんばります、お、お義父さん…」

マリナのそのぎこちない様子を見て、またみんな大笑いしてしまいました。マリナは、はずかしくてたまりませんでしたが、でも同時に、とてもあたたかい家族のぬくもりを感じて、うれしさも感じました。今まで貧しい暮らしでしたが、自分は初めて幸せになれるかもしれない。そう感じた瞬間でした。

★平和な日々

こうして、ロルフとマリナは、小さな王国で、平民として暮らし始めました。仕事は、パン屋さんを始める事にしました。なぜって、二人をつないだのが、パンだったからです。二人が小さい頃、ロルフが、貧しかったマリナにあげた、サンドイッチ。そして、二人が大人になり、マリナが、ゆきだおれになったロルフにあげた、パン。パンこそ二人の運命をつなげた鍵だったのです。だから、二人はそんな話をしあって、みんなにも幸せを分けてあげたいと、パン屋を開く事に決めたのです。二人のお店は、最初は評判になりました。だって、元王子様が開いたお店ですから。みんな、ものめずらしそうに、最初はやって来ました。でも、客足は、だんだんと普通のお店と変わらないようになってきました。そうです、元王子様というだけでは、お客さんの心はつかめないのです。ちゃんとおいしいパンを作らなければなりません。二人は、美味しいパンを作るため、日々、研究を重ねました。そんな中、うれしいできごとがおこりました。ロルフとマリナの間に、赤ん坊が出来たのです。二人はおおよろこびです。当然、王様も、王妃様もおおよろこびしました。ロルフとマリナは、赤ん坊の顔を見せに、お城にいったりしました。逆に、王様と王妃様も、赤ん坊の顔が見たくて、ロルフとマリナのお店にやって来たりしました。しまいには、王様と王妃様までが、パンをこねて焼いたり、お店番をしたり、手伝う事までありました。街の人たちは、その様子を見て、「王様のパン屋さん」なんて呼ぶようになりました。しかしそれは、名前だけではありませんでした。それから、何年も、ロルフとマリナは、美味しいパンを研究して、だんだんと評判になり始めました。そしてある時、小さな王国で一番おいしいパン屋さんを決めようというコンテストが行われ、何と、ロルフとマリナのパンが優勝したのです。二人は大よろこびしました。表彰式では、王様と王妃様が、ロルフとマリナに賞状を手渡しました。この時、その場に居た全員が、ふしぎな感動をおぼえました。だって、ロルフは本当は王子様で、こんな事をするはずはなかったのですから。でも、ロルフは平民になって、愛する妻と、努力して、協力しあって、国一番の美味しいパンを作って、それが、国民のみんなに認められたのです。王子様がこういう人生を選んだって良いじゃないか。国中のみんながそう思い、ロルフとマリナを祝福しました。こうして、ロルフとマリナのパンは、国民や、王様にも認められ、ついに、お城にも収めるようになったのです。みんながそう呼んでいた、「王様のパン屋さん」は、とうとう、本物になったのです。こうして、ロルフとマリナは、日々、がんばって働き、子どもを育て、平和で、幸せな日々を送っていきました。そして、時は流れ、ロルフとマリナの子ども、ルドルフもすくすくと成長し、18才の誕生日を迎えようとしていました。

王さまのパン

★2回目の人生の終わり

ロルフとマリナが、王様のパン屋さんを開いて、はやいもので、20年近くの月日が流れました。ロルフとマリナは40才になり、息子のルドルフは、18才の成人を迎えようとしていました。それほど裕福ではありませんでしたが、愛情にあふれた、とても幸せな家庭でした。しかし、今、その幸せが、こわれようとしていました。この時、この小さな王国で、大変な事が起こりつつありました。となりの国と、争いが始まったのです。ロルフのお父さんである王様は、平和を愛する人で、そんな事をするはずはありませんでした。しかし、ロルフが王位を継がなかった事から、家来の中の優秀な者に、将来、王様になってもらおうと、国の仕事を任せ始めたのです。王様は、優秀な家来を信じて、大臣に任命し、国の仕事を任せました。しかし、そこで間違いがおこったのです。はじまりは、ほんのささいな事でした。となりの国が、小さな王国との国境の近くに建物を建てた時、ほんのちょっとだけ、国境をこえて、建物を建ててしまったのです。もしこの時の、小さな王国の責任者が、今の王様や、ロルフだったら。「少しぐらい良いじゃないか」と、笑って許したでしょう。しかし、この時、権力をにぎっていた、小さな王国の大臣は、小さな間違いも許せない性格で、「となりの国の王様は、ちゃんと謝罪して、ばいしょう金を支払え！」と、言ってしまったのです。そうすると、となりの国の王様も、怒ってしまい、「なんだ！　そんなちょっとの土地の事で！　そもそも、その土地は、本当に小さな王国の土地なのか？　証明してみろ！　もしできなかったら、今の倍の土地をもらうぞ！」と言い返したのです。そんなふうにして、はじまった争いでしたが、両者とも、一歩もゆずらなかったため、争いはどんどんエスカレートし、ついに、最悪の事態がおこってしまいました。２つの国の間で、戦争が始まったのです。戦争とは、人々が殺し合って、土地や、財産をうばったりする事です。国民のだれもが、そんな事は望んでいませんでした。しかしもう、手遅れでした。もう、だれにも戦争は止められませんでした。ロルフも、戦争を止めようと、努力しました。元王子である自分なら、王様に直接はなしができる。そう思って、お城へ行きましたが、実権をにぎった大臣に追い返され、王様に会う事すらできませんでした。(この時、大臣の力は、王様以上に強くなっており、王様の発言力はほとんどなくなっていました。ですから、もし仮に、ロルフが王様に会う事が出来て、戦争を止めてください！と言っても、その願いは、かなわなかったでしょう)。こうして、はじまった戦争ですが、いままで平和だった、この小さな王国には、軍隊というものがありませんでした。そこで、大臣は、国の若い男性を集めて、軍隊を作ろうとしました。18才から39才までの、健康な男性は、必ず軍隊に入る事。そういう法律ができてしまったのです。ロルフは、もう40才ですので、兵隊に取られる心配はありませんでした。しかし、ロルフとマリナの息子のルドルフは、今、18才になろうとしているのです。兵隊に行かなければなりません。この決まりからは、どうやっても逃れられないのです。ロルフとマリナは、ルドルフの18才の誕生日の前日、ささやかなお祝いを開きました。

「ルドルフ、明日は、お前の18才の誕生日だな。ここまで、立派に育ってくれて、私はとてもうれしいぞ」

ロルフが、笑顔を作ってそう言いました。

「お父さん、ありがとうございます…」

ルドルフも、笑顔を作って、そう返しました。でも、少し、悲しいふんいきがただよっています。そこへ、マリナが、明るさをよそおって、言いました。

「ほんとに！ ルドルフ！ 立派にそだって！ 背だって、もう、私が見上げるくらい大きくなったわ！ 本当に、私たちの自慢の息子よ！ …うっ…ぐすん…」

明るさをよそおって、そういったマリナでしたが、涙をおさえきれませんでした。

それは、ルドルフが立派に育ってくれた、うれしさもありましたが、明日になれば、そのルドルフが、兵隊にとられてしまうのです。戦争で、死んでしまうかもしれないのです。そう考えると、もう、マリナの涙はとまりませんでした。その涙につられて、ロルフも、ルドルフも、涙を少しこぼしました。でも、男が涙を見せてはいけないと、涙をふきました。そして、ロルフが気を取り直して、こういいました。

「ルドルフ、必ず、生きて帰ってきてくれ！」

「はい、父さん！」

ロルフの真剣な願いに、ルドルフも、必ず生きて帰ると、真剣なまなざしで答えました。マリナはまだ泣いています。それを元気づけるように、ロルフがいいました。

「よし！ ごはんを食べよう！ 私の作った、王様のパンに、マリナのお手せいのシチューだ！ すごいぞ！ 今日はビーフも入ってるな！ 特別メニューだ！ さあ！ 食べよう！　ほら、マリナ、ルドルフによそってあげて！」

そう言われて、マリナは涙をふいて、ルドルフにシチューをよそってあげました。

「はい、ルドルフ、おたべ。あついから気をつけて…ぐすん…」

ルドルフは、礼を言って、食べ始めました。

「ありがとう！　母さん！　もぐもぐ…うん！　美味しい！　美味しいよ！　母さん！

今までで最高の出来だよ！　ありがとう！　母さん！　美味しいよ！　…うぅ…」

ルドルフは、マリナを元気づけようと、明るくそういったつもりでしたが、ついに、ルドルフの涙もとまらなくなってしまいました。

「美味しい、美味しいよ、母さん、最高の味だよ、うぅ…」

こうして、3人は、泣きながら、夕食を食べ続けました。そしてこれが、3人そろって食べる、最後の夕食になりました。

翌日、ルドルフの18才の誕生日、朝一番で兵隊がやって来て、ルドルフを連れて行きました。

「お父さん！ お母さん！ 行ってきます！ 必ず、生きて帰ってきます！」

「ルドルフ！ 待ってるからな！」

「ルドルフ！ お願い！ 必ず帰ってくるのよ！」

ロルフもマリナも、連れて行かれるルドルフを見ながら、何度も、何度も、名前を呼びました。でも、それが、ルドルフを見た、最後の瞬間でした。

一週間後、ルドルフが死んだという知らせが届きました。遺品として、ペンダントが届きました。それは、昔、ロルフとマリナが、ルドルフに買ってあげたものでした。

「いやぁー！ ルドルフー！ うぁぁぁ！」

ルドルフの死を知ったマリナは、はんきょうらんになり、泣き続けました。そして、しょくじものどを通らなくなり、体はだんだんとすいじゃくしていきました。それから、一ヶ月後、戦争は終わりました。小さな王国は戦争に負け、大臣も、王様も、王妃様も、処刑されてしまいました。そして、マリナも、時を同じくして、息を引き取りました。心労による、すいじゃく死でした。一人ぼっちになったロルフは、泣き叫びました。

「あぁ！　マリナ！　ルドルフ！　父上！　母上！　…どうしてこんな事に！　…うっうっう…私は一人ぼっちになってしまった…私は、これからどうすればよいのだ…うっうっう…」

絶望に打ちひしがれ、ロフルは涙をこぼして、後悔し始めました。

「私が…王位を継がなかったから、こんな世の中になってしまったのだろうか…？もし、あの時、私が王様になっていれば…神様！　お教えください！　私が間違っていたのですか!?」

ロルフは、天に向かって、神に問いました。すると、あたたかい光と共に、あの、女神が現れたのです。その瞬間、ロルフは、全てを思い出しました。これが、2回目の人生である事、そして、1回目の人生では、戦争など起きなかった事を。これは全て、自分の選択のあやまちが引き起こした事なのだろうか。そう思ったロルフは、女神にたずねました。

「あぁ！　女神様！　私は、今、全てを思い出しました！　これは、あなたが、私にあたえてくださった、2回目の人生だったのですね！　あぁ！　しかし、こんな酷い結果になってしまいました。私は、愛する家族を失い、一人ぼっちになってしまいました。これは、私の人生の選択が間違っていたからなのでしょうか？　私は、どうなるのでしょうか!?　女神様！　お導きを！」

ロルフが、女神にそう助けを求めると、女神が答えました。

「ロルフ、私は、あなたに、2回目の人生を生きるチャンスをあたえました。しかし、結果は、あなたの望むものではなかったようですね」

「はい、私が間違っていたのでしょうか？　自分の幸せばかりを追い求めたばかりに…。私はこれから、どうなるのでしょうか」

ロルフのその問いに、女神が、残酷な答えを返しました。

「ロルフ、私は、あなたに、1回目の人生の善行のごほうびとして、80年分の、新しい命をあたえました。まだ、あなたの人生は続きます。あなたは、80才まで生きる事になります」

それを聞いたロルフは、おどろいてこう言いました。

「そんな！　私は80才まで生きるのですか？　愛する妻も、息子も、父も、母も、全て失い、戦争で焼き尽くされた、この地獄のような世界で、あと40年も私は生きるのですか⁉　それはあまりに残酷だ！　女神様！　もう一度、やり直す事は出来ないのですか⁉」

それを聞いた女神は、少し悲しそうな表情を見せて、こう言いました。

「ロルフ、私は、あなたに、3回目のチャンスをあたえる事もできます。しかし、それは、今までと同じという訳には行きません。私が、あなたにあたえた、1回目の人生の善行に対するごほうびは、80年分の命です。あなたは、そのうち、2回目の人生で、40年分を使ってしまいました。という事は、残りは40年分の命です。もし、私が、あなたに、3回目の人生を送るチャンスをあたえても、あなたは40年しか生きられません。その時が来たら、あなたは必ずこの世界を去らねばなりません。それでもよいのですか?」

女神にそう言われたロルフは、迷わず答えました。

「女神様! それでもかまいません! どうか私に! 3回目の人生を生きるチャンスをおあたえください! 私は、今度は、決して間違えません! 愛する人を見つけ! 子どもを育て! そして、国のためにも働いてみせます! たとえ40年の命でも、せいいっぱい生きてみせます! 女神様! どうか! 私にチャンスをおあたえくださ

い！」

それを聞いた女神は、こう言いました。

「わかりました。ロルフ。あなたに3回目の人生を生きるチャンスをあたえます。これが最後です！」

女神がそう言って、杖を振りかざすと、ロルフはまた、みるみる赤ん坊の姿に戻り、時間も巻き戻って、ロルフの生まれた時に戻りました。女神は、ロルフの魂が、生まれたばかりのロルフの体に入って行くのを見届けると、

「ロルフ、悔いのないよう、生きるのです」

と言って、ロルフに祝福をあたえ、天に昇って行きました。

3回目の王様

★3回目の人生

こうして、ロルフの3回目の人生がはじまりました。これまでの記憶はない、全く新しい人生が、また始まったのです。（でも、この本を読んでいる人には、もう3回目ですから、これまでと違うところを中心にお話していきましょう）

「オギャー！　オギャー！」

生まれたばかりのロルフに、王妃様がこう言いました。

「ロルフ、元気に、健康に育ってね。そして、将来、必ず、すてきな人を見つけて、幸せになってね。私と王様みたいに。ね、あなた」

王妃様が笑顔でそう言うと、王様は、照れながらも、こう言いました。

「はっはっは！　そうだな、愛する人を見つけて、幸せな家庭を築く。それこそが、最高の幸せじゃ。私と王妃みたいにな。はっはっは！　しかし、国のために働く事も忘れてはならんぞ！　将来、王様になって、国民のための政治をおこなって、みんなが幸せになるような国を作るんじゃ。たのんだぞ、ロルフ！　未来の王様！　わっはっは！」

そう言って、王様が笑うと、ロルフもキャッキャと笑いました。

「キャ！　キャハハハ！」

こうして、女神の祝福のおかげか、ロルフには、2つの願いがかけられたのでした。

さて、その後もロルフは、1回目、2回目の人生と同じように、すくすくと育って行きました。学校では、マリナと出会い、貧しいマリナにサンドイッチを分けてあげましたし、こどもながらに、小さな結婚の約束もしました。それからまた、月日は流れ、ロルフ、18才の時です。この時、ロルフは、王位を継がずに、愛する人を探す旅に出ました。ここからは、2回目の人生のように進んでいきました。3年間におよぶ旅の最後、ロルフは悪い女の人にだまされて、身ぐるみはがされて、無一文になって、小さな王国に帰ってきました。しかし、その時、助けてくれたのは、美しい女性に成長したマリナでした。こんなボロボロの自分を助けてくれたマリナ。これこそ真実の愛。マリナこそ、自分が探し求めた愛する人だと気付いたロルフは、マリナに結婚を申し込み、マリナはそれを受け入れました。ロルフの帰りと結婚を、王様と王妃様はよろこびましたが、ロルフは王位を継がず、やはり、愛する人のために生きたいと言いました。でも、3回目の人生では、ここで少し変化が起こりました。

「父上、母上、私は、王位は継ぎません、今は、平民として、一人の男として、愛する人のために生きたいのです。マリナといっしょに、子どもを作って、育てる。そんな、平和で、穏やかな人生を送りたいのです。でも、心配しないでください、私は、30才になったら、王位を継ぎたいと思います。子育ても一段落している頃でしょう。庶民の暮らしも、十分にわかっているでしょう。その時こそ、私は、残りの生涯を、国民のためにささげたいと思います。父上、母上、どうか、私のわがままを、お許しください」

ロルフのその言葉を聞いて、王様も、王妃様も、ロルフの気持ちを理解し、そうさせる事にしました。

「うむ、わかった。ロルフ、お前の気持ちを尊重しよう。好きにするがよい。ただし、30才になったら、必ず王位を継ぐんじゃぞ！　約束じゃ！」

「はい！　ありがとうございます！　父上！」

こうして、ロルフの3回目の人生は、これまでとは少し変わり始めました。

それから、ロルフとマリナは、パン屋さんを始めました。二人とも、いっしょうけんめい働きました。そうこうしている間に、二人の間に、子どもが生まれました。ルドルフです。王様も、王妃様も、ルドルフの顔が見たくて、ロルフとマリナのパン屋さんにやってきて、手伝いまで始め、ついには、「王様のパン屋さん」なんて呼ばれるようになりました。それから、ロルフとマリナのパンは、コンテストで優勝して、王様に表彰され、ほんものの「王様のパン屋さん」になったのです。さて、それからしばらく時間が経って、これまでと違う事が起こりました。ロルフとマリナが、お店で働いていると、外から帰ってきたルドルフが、こう言いました。

「お父さん！　お母さん！　大変だよ！　お店の外に、ゆきだおれの女の人がいるよ！　お腹をすかせてるみたい！」

「まぁ！　それは大変！」

「よし！　私が行ってくる！」

ロルフはそう言うと、マリナに店を任せ、水とパンを持って女の人の元へかけ寄りました。

「もし！　大丈夫ですか！　ここに、水とパンがあります！　よろしければどうぞ！」

そう言って、ロルフが、水とパンを差し出すと、ゆきだおれの女性は、うばうようにして、水を飲み、パンを食べ始めました。

「うぅ！　み、みず！　ごくごく！　おいしい！　うぅ！　パ、パンも！　もぐもぐ！　おいしい！　おいしい！　んぐんぐ」

その女性は、むさぼるように、みずを飲み、パンを食べ続けました。それを見たロルフは、昔の自分を思い出し、深く同情しました。しばらくして、女性が食べ終わると。身の上ばなしをし始めました。

「お店の方、ありがとうございました。私が、このようになってしまったのには、理由があります。悪い男にだまされて、身ぐるみはがされて、一文無しになってしまったのです。私は、死ぬ寸前でした。それを、あなた様は助けてくださった。あなた様は、命の恩人です、どうか、お名前をお聞かせください」

その問いに対し、ロルフは答えました。

「命の恩人だなんて。いいんですよ。困った時はお互い様ですから。私は、ロルフと言います」

ロルフという名前を聞いて、その女性はギョッとしました。そして、まじまじとロルフの顔を見つめました。そして次の瞬間、その女性は、涙を流し、声をあげて泣き始めたのです。

「あぁ！ ロルフ！ いえ、ロルフ様！ お許しください！ 私は、昔、あなた様から金品をうばった、あの悪い女です！ そんな私を！ あなたは助けてくださった！ あぁ！ 私は、なんという事をしてしまったのでしょう！ どうか！ お許しください！

うぁぁぁ…」

ロルフは、その話を聞いておどろき、その女性の顔をよくのぞき込みました。すると、確かに、昔、ロルフから金品をうばった、あの悪い女でした。ロルフはおどろきました。しかし、ロルフの心には、もう、怒りや憎しみはありませんでした。昔の事ですし、今、目の前で、その女は、ボロボロになって地面にはい、心からざんげしているのです。それに、あの事があったからこそ、自分はマリナと出会う事ができたのだ。そう考えると、むしろ、この女性を助けてあげたいという気持ちがわいてきて、ロルフはこう言いました。

「おどろきました。あなたでしたか。でも、安心してください。今、あなたに対して、どうこうするつもりはありません。過去の事は水に流しましょう。さあ、おなかはふくれましたか？　まだ何か欲しいものはありますか？」

ロルフのその言葉を聞いて、その女性は、また涙を流し、こう言いました。

「あぁぁぁ！　ロルフ様！　私のような女に、そのようなあたたかい言葉をかけて頂いて。ゆるしてくださって。うぅぅぅ…ロルフ様！　どうか！　私に、罪のつぐないをさせてください！　何でもいたします！　私を、あなたの家来にしてください！　お給料はいりません！　いっしょう、あなた様につかえ、つぐないをいたします！　どうか！　お願いいたします！」

そう言って、その女性は、地に頭をつけて、ロルフにこんがんしました。しかし、ロルフも困ってしまいました。家来にと言っても、今は王様でありません。でも、少し考えて、良いアイデアが浮かび、こう言いました。

「うーん。私は、今は、王様じゃないけど、30才になったら、王位を継ぐ予定なんです。その時は、妻のマリナも王妃になってお城に住むのですが、そこで一つ問題があるんです。この王様のパン屋さんを継ぐ人がまだ見つかってないんです。ですので、もし、あなたがよろしければ、このパン屋で働いてみませんか？　3年ぐらい修行して、もし大丈夫そうなら、このお店を任せましょう。どうでしょう?」

その言葉を聞いた女性は、また、涙を流し、地に頭をつけ、ロルフに感謝して言いました。

「あぁぁ! 私めのような者に! そのようなチャンスもくださるのですか!? なんというすばらしいお方! どうかお許しください! 必ず期待に応えます! いっしょうあなた様に尽くします! 感謝いたします! うぁぁぁん!」

こうして、昔、ロルフから金品をうばった、悪い女性は、心を入れ替え、王様のパン屋さんで、見習いとして働く事になったのです。そしてそれから3年後、その女性のパン焼きの腕は、すっかり上達し、店を任せられるまでになりました。また、女性は、あたえる事のすばらしさにも気付き、貧しい子どもには、タダでパンをあげたりするようになり、みんなからしたわれる、心の優しい女性になりました。それを見たロルフは、これなら大丈夫と、その女性に店を任せました。そしてついに、ロルフ、30才。ロルフが王位を継ぐ時が来ました。

★ロルフ王の仕事

ついに、ロルフが30才になりました。ロルフは、約束通り、王位を継ぐために、お城に戻ってきました。王様も、王妃様も、大よろこびでロルフを迎えました。そして、戴冠式の日です。お城の周りには、ロルフの即位をお祝いしようと、大勢の国民たちが集まりました。実のところ、国民たちも少し不安だったのです。だって、18才で王様になるはずだったロルフが、王様にならずにお城を飛び出してしまったんですもの。でも、王様の話では、好きな人を見つけたら、必ず戻ってくるというので、信じて待っていたのです。でも、好きな人を見つけて帰ってきたと思ったら、今度は、王位を継がずに、パン屋さんになるというので、国民はまたおどろき、不安になったのです。でも、王様の話では、社会勉強をして、子育ても一段落したら、必ずロルフはお城に戻って来るというので、信じて待っていたのです。そして今、ようやく、王様のいうとおり、ロルフがお城にもどってきたので、国民は、安心するやら、うれしいやらで、ロルフの即位をお祝いしようと、お城の周りに集まったのでした。ロルフたちが、国民に顔を見せるため、お城のバルコニーにでると、ものすごい歓声が上がりました。

「大王様ーー！　大王妃様ーー！　バンザーイ！」

「ロルフ王子！　いや、ロルフ王！　バンザーイ！」

「マリナ王妃様ーー！　ステキーー！」

「ルドルフ様ーー！　王子様ーー！　かわいいーー！」

大王様も、大王妃様も、そしてロルフも、国民の前に出る事は慣れていましたので、笑顔を返しましたが、マリナとルドルフは、こういう事は初めてだったので、きんちょうしています。

「マリナ王妃様ですって…、はぁ、私につとまるかしら?」

「ぼくも! ルドルフ様だって! ぼくも王子様になるの? 大丈夫かなぁ?」

心配して、きんちょうする二人を見て、ロルフが優しく声をかけました。

「はっはっは! 大丈夫だよ。少しずつ慣れていけばいいさ。ルドルフ! 今日の私の演説を、よく見ておくんだぞ! お前も将来、やるようになるんだからな!」

「うん! わかった!」

ロルフに元気づけられて、ルドルフもその気になってきたようです。その様子を見て、マリナも微笑んでいます。そして、ロルフが、ついに話し始めました。

「小さな王国の、国民のみな様! 私、ロルフは、今日ここに、王位につく事を宣言いたします! 本来であれば、18才で即位する所、私のわがままで、みな様にご心配をおかけしてしまいました事、おわびいたします。しかし、みな様があたえてくださった自由な時間のおかげで、私は、愛する妻を見つけ、愛する子をもうける事ができました。そして、国民のみな様と同じ暮らしをして、社会勉強をする事もできました。私は、その経験を活かし、王として、国民のみな様のために働きます！　この！　小さな王国と、国民のみな様に！　祝福のあらんことを！」

ロルフがそう言って、演説を終えると、国民はまた、大かっさいしました。本当に明るい未来が始まる。そう予感させる、すばらしい演説でした。戴冠式を終えると、ルドルフが目をかがやかせてこう言いました。

「お父さん！　カッコよかったよ！　国民もみんな拍手してよろこんでた！　すごいなあ、お父さん。僕も、はやく王様になりたい！」

ルドルフのその言葉を聞いて、その場に居たみんながうれしそうに笑いました。

「はっはっは！　たのもしいのう！　流石、わしの孫じゃ！」

「ほんと。この小さな王国も将来安泰ね。私のかわいいお孫ちゃん！」

「ルドルフ！　期待してるぞ！　でも、王様になるには、しっかり勉強しないとな！」

「はい！　ぼく！　いっぱい勉強して！　将来、必ず良い王様になります！」

元気いっぱいのルドルフの言葉を聞いて、みな、よろこびました。マリナも目頭を押さえて微笑んでいます。その様子を見て、ロルフは、全力で、愛する家族を守り、そして、国民のために働こうと、決意を新たにしたのです。

こうして、ロルフは、王様としての仕事を始めました。ロルフが王様として優秀である事は、もうみなさんご存知ですね。そうです、ロルフは、1回目の人生と同じように、王様として、立派に働きました。貧しい子のために、無料給食を実現したり、孤児院を作ったり、学校や大学や、奨学金制度を作って、優秀な人材を育てたり、病院や、医療研究所を作って、国民の健康を守ったり、本当に、王様として、すばらしい仕事をしました。国民の誰もが、ロルフ王を称えました。しかし、ある日、あの事件が起きたのです。そうです、となりの王国が、小さな王国との国境をこえて、砦を建ててしまった事件です。これは、向こうには悪気はなく、あやまってやってしまった事でした。しかし、ロルフの2回目の人生で、その時、権力をにぎっていた大臣は、けんか腰で向かっていったため、ついに、悲しい結末になってしまったのでした。でも、ロルフの3回目の人生では違いました。今、大臣が、すごい剣幕で、ロルフ王に報告に来ました。

「ロルフ王！　大変でございます！　となりの王国が、我が小さな王国との国境の近くに、砦を建てたのですが、それが、我が国の国境をこえているのです！　これは、許されない違法行為ですぞ！　もんくを言って、謝罪と、ばいしょう金を要求いたしましょう！」

その言葉を聞いて、ロルフ王は、大臣をなだめるように言いました。

「大臣、何もそんなに怒らなくたって良いじゃないか？　いったい、その砦は、どのくらい、我が国の土地にはみ出してるんだい？」

そう言われて、大臣は少し落ち着いて、状況を説明しました。説明によると、となりの国が、国境をはみ出して建ててしまった砦の土地は、そんなに大きくない事がわかりました。

「なあんだ。そのぐらいなら、良いじゃないか？　許してあげようよ」

ロルフがそう言うと、大臣が反論しました。

「しかし、そういう事を続けていますと、ちょっとずつ、土地が取られてしまい、しまいには、我が国の土地がなくなってしまうかもしれないのですぞ？　こういう事は、うやむやにしてはいけません。きちんと抗議すべきです！」

頭のかたい大臣にそういわれて、ロルフも、それは一理あると思いました。国の土地を守るのも、王様の大事な仕事なのです。ロルフは、少し考えました。そして、こう言いました。

「よし！　こうしよう！　となりの国の、砦の完成をお祝いしよう！」

それを聞いた大臣は、耳を疑いました。

「はぁ？ 今、何とおっしゃいましたか？ 我が国は、土地を取られているのですぞ？ それを、逆に、お祝いですと⁉」

大臣は、意味がわからないと、困惑しています。でも、ロルフは続けました。

「いいから！ 僕に任せて！ とにかく、手紙を送って！ 小さな王国は、国境の近くにできた、となりの国の砦の建設をお祝いします。つきましては、お祝いに、小さな王国の、美味しい食べ物を持っていきます。いっしょに楽しい時間をすごしましょう！ ってね」

「はぁ…」

大臣は、訳がわかりませんでした。しかし、王様の命令は絶対です。大臣は、しぶしぶ、言われた通り書いた手紙を、となりの国に送りました。それからしばらくして、ロルフ王の提案の通り、となりの国の砦の、完成お祝パーティが開かれました。ロルフは、国中で取れた、美味しい食べ物を持っていきました（もちろん、国一番になった、王様のパンもいっしょです）。それを見て、となりの国の王様は、大よろこびです。

「もぐもぐもぐ！　いやぁ！　うまい！　こんなにうまいものを頂いて！　かたじけない！　もぐもぐ！　本来なら、こちらからあいさつすべきところ、すまなかったのう！　もぐもぐ！　うん！　うまい！」

美味しいものを食べて、上きげんになった、となりの国の王様を見て、ロルフ王はこういいました。

「いえいえ、私の国のような、小さな王国は、となりの国々と仲良くしないと、やっていけませんから。今回、小さな王国との国境に、このような立派な砦を建てて頂いたのは、何かあった際、国境をこえて、我が小さな王国も助けてくださる、そういうお考えがあっての事でしょう。このロルフ、感服いたしました、なにとぞ、この地域の平和のために、ご尽力頂きますよう、よろしくお願いいたします」

そう言って、ロルフは、深々と頭を下げました。それを見た、となりの王国の王様は、少し、うん？と思いましたが、すぐに気を取り直して、こう言いました。

「ん…？うむ。そうじゃ！ワシがこの場所に砦を建てたのは、何かあった時に、この小さな王国の国民も、守ってあげたいと思ったからじゃ！この小さな王国は、平和を宣言している国じゃから、心配はいらんと思うが、もし、何かあったら、この地域の住民は、我が国が守ってあげよう。約束じゃ！わっはっは！」

となりの国の王様は、気分を良くして、答えました。でも、本当は、そういう考えで、砦を建てたのではなかったのです。ただ、自分の力を、周りの国に見せたかっただけだったのです。でも、ロルフ王に、さきにそのように言われてしまったので、そう答えてしまったのです。でも、悪い気はしませんでした。となりの国の国王は、こんなにもてなされて、感謝されるなら、小さな王国も守ってあげよう。そう、本気で思ったのでした。こうして、お祝いパーティは終わりました。となりの国の王様は、上きげんで、ロルフたちを見送りました。ロルフは見送りに応えながらも、そっと大臣にこう言いました。

「よし、今だ。土地の話をしてきなさい。上手にやるんだよ」

「かしこまりました」

そう言って、大臣は、となりの国の王様の元へ戻り、こう言いました。

「となりの国の王様、実は一つ、お耳に入れたい事がございまして」

「うん？　なんじゃ？」

「実は、申し上げにくいのですが、この砦ですが、少し、国境をこえて、我が国の土地にはみ出しているのです」

「なんじゃと!?」

「ええ、しかし、その事を、ロルフ王に報告した所、見て見ぬふりをしろと言われまして。大臣という立場からは、見過ごせぬ事なのですが、今日の、ロルフ王の話を聞きまして、私も考えが変わりました。両国の友好、平和が一番でございます。今後ともどうぞ、なにとぞ、よろしくお願いいたします。それでは」

大臣はそう言って、ロルフの元へ去っていきました。残された、となりの国の国王は、土地の話を聞かされ、さらに、ロルフ王に感服した様子でした。

「なるほど、そうであったか。我が国のあやまちを、責める事もせず、逆にこのようにもてなすとは。ロルフ王、すばらしい王様じゃ。わっはっは！」

そう言って、となりの国の王様は、小さな王国との、永遠に続く友好を、心にちかいました。それからというもの、となりの国の王様からは、たびたび、美味しい食べ物が送られて来るようになりました。ロルフもまた、お返しに、小さな王国の美味しい食べ物を送りました。こうして、小さな王国と、となりの王国は、これまで以上に、友好を深めていったのです。ロルフ王のこのすばらしい采配を見た大臣は、何事も、法律が全てではないのだ、人の心こそ大切なのだという事を学び、これ以降、人々に対し、優しい政治を行うようになりました。そして、ロルフ王に、心から感服し、実権を握ろうなどという野望は持たなくなり、終生、ロルフ王と国民に仕えようと心に決めたのです。

★王様の最後

こうして、ロルフは、王様として、本当に、国民のために働き続けました。当然、家族サービスも忘れませんでした。家族に愛情をあたえ、ルドルフもすくすくと育っていきました。本当にすばらしい王様でした。本当にすばらしい父親でした。そして、その時が近づいて来ました。ロルフは、すでに40才を迎えていました。そして、ルドルフは、18才の成人を迎えようとしていました。今、お城では、ルドルフの、18才の成人と、即位の戴冠式が行われようとしています。ロルフは、18才で、旅に出る事を選びましたが、ルドルフは、王位を継ぐ事を選びました。これから、ルドルフは、王様の仕事をしながら、すてきな人を見つけていくでしょう。何より、ロルフはつねづね、ルドルフにこう言い聞かせていました。

「ルドルフ、私が、お前に望む事は、たった2つだ。一つは、国や、人々のために働く事。もう一つは、愛する人を見つけて、子どもをもうけて、幸せにする事。わかったな?」

「はい! わかりました!」

これは、ロルフが、ルドルフに、何度も言って聞かせた事です。ルドルフの心には、ロルフのこの言葉が刻まれています。きっと王様として、すばらしい働きをする事でしょう。そして将来、すばらしい女性も見つける事でしょう。今、お城の周りでは、国民たちが、ロルフたちが現れるのを、今か今かと待っています。即位のスピーチを行うルドルフは、少しきんちょう気味です。それをほぐそうと、ロルフが話しかけました。

「ルドルフ、何だ？　きんちょうしてるのか？　お前、昔から、『はやく王様になりたい！』って言ってたじゃないか？　ついにその時が来たんだ、ほら！　がんばれ！」

ロルフにそういわれ、ルドルフが照れながら答えます。

「ははっ！　そうだね！　それが僕の口ぐせだった。がんばるよ！　父さん！」

「ははっ！　その意気だ！」

二人のそのやり取りを見て、マリナも微笑んでいます。その姿を見て、ロルフは続けてこう言いました。

「そうそう、父さんのもう一つの願い、『愛する人を見つけて幸せにする』。この事もがんばってくれよな。私と母さんみたいに、な？　マリナ」

「あなた、何よ。こんな時に…もう…」

そう言って、マリナは、はじらいました。それを見て、ルドルフが、やれやれという感じで言いました。

「はいはい！　二人が愛し合ってるのは知ってるよ！　僕もがんばります！」

「ははははっ！」

その場が笑いに包まれました。そして、ロルフが言いました。

「ルドルフ、本当に立派になった。母さんも守ってやってくれよ！　よし行こう！」

「うん！」

ロルフはそう言ってから、自分は、なんでそんな言い方をしたのかと思いました。まるで、自分が居なくなるような言い方でした。しかし、考えるひまもなく、ロルフたちがバルコニーから顔を見せると、お城の周りに居た国民たちが、大歓声を上げました。

「ロルフ王！　いや！　ロルフ大王ー！」

「マリナ様ー！　いまでもお美しい！」

「ルドルフ王子ー！　いや、ルドルフ王！　はやくお言葉を！」

大歓声の国民を前に、ロルフが話し出します。

「国民のみなさん！　ようこそ集まってくださいました！　今日、私の息子のルドルフは18才の誕生日を迎え、王子から、王になります！　今日から、このルドルフが、王として、国民のみなさんのために働きます。私は、王から大王になり、ルドルフの王としての仕事を支えてまいります。みな様！　どうか、この小さな王国の、新しい王様、ルドルフ王を応援してあげてください！」

ロルフがそう言うと、国民たちは大歓声を上げました。

「王様ー！　いや、大王様ー！　いままでありがとう！」

「ルドルフ王子様ー！　いや、ルドルフ王ー！　応援しますよ！」

「新しい王様ー！　はやく私たちにお言葉を！」

国民たちの声援を受け、ルドルフは、深呼吸して、演説を始めました。

「小さな王国の国民のみな様！　お集まり頂き、ありがとうございます！　本日！　私は18才の誕生日を迎え、王子から、王になります！」

どうどうと演説するルドルフの姿を見て、ロルフは、これまでの人生で最高ともいえる幸福感に包まれていました。

（ルドルフ、立派に育ってくれて、私はうれしい。こんなに幸せな事はない。ルドルフ、国民のために働く立派な王になってくれ、そして、愛する人を見つけるんだ、そして、マリナをたのむ…）

その時、ロルフはまた、ハッとしました。また、自分が居なくなるような事を考えていました。しかし、それは偶然ではありませんでした。

（ドクンッ！）

ロルフの心臓が、強く脈打ちました。そうです。その時が来たのです。ロルフは、少しあとずさり、後ろの椅子に腰掛けました。マリナが気付きましたが、ロルフは、

「大丈夫だ」と、手を上げました。それを見て、マリナは安心した様子でした。ロルフは、今、全てを思い出しました。これが、3回目の人生である事、そして、自分の命に、終わりが来ようとしている事を。

(そうだった…これが私の運命だった…だが…悔いはない…私は3回も生きて…最高の人生を選んだんだ…)

ロルフは、うすれていく意識の中で、立派に演説するルドルフの姿を見て、涙を流しました。

(立派だ…ルドルフ…。たのんだぞ…この国と…そして、マリナを、たのむ…)

体から力が抜け、ロルフは椅子にもたれかかりました。その異変に気付き、マリナがかけ寄ってきました。

「あなた…?」

ロルフは、最後の力をふりしぼって、こう言いました。

「マリナ…愛しているよ…」

ロルフは優しい笑顔を見せてそう言うと、ゆっくりと目を閉じました。

「あなた⁉」

マリナは、ロルフの手を取って、ぎゅっと握りました。しかしそこに、いつものようなあたたかさはありませんでした。おどろくマリナ。しかし、ふしぎな事に、その瞬間、マリナはロルフの運命を感じ取りました。全てをさとったマリナは、ロルフの横に座り、涙を流しながら、愛おしそうに、ロルフの体を抱き寄せました。

「まだまだ、若い王ではありますが、みな様の声を聞いて、良い政治を行い、この小さな王国を、今よりももっとすばらしい王国にして行きたいと思っています。争いのない、貧富の差もない、みんなが平等で、平和で、幸せに生きられる国、それが私の理想です！　国民のみな様！　どうか、応援、よろしくお願いいたします！」

ルドルフが、そう演説をしめくくると、大歓声がわき起こりました。

「ワァー！　私たちの新しい王様！　ルドルフ王の誕生だー！」

「この小さな王国と！　ルドルフ王に！　祝福のあらんことを！」

「新しい王様！　バンザーイ！」

国民たちの祝福の声がやまぬ中、ロルフの魂は体をはなれ、空へ浮かんでゆきました。天からロルフを迎えに来た女神が、優しく声をかけます。

「ロルフ、行きましょう。神の国が待っています」

「はい、女神様。私はすばらしい人生を送りました。もう、後悔はありません」

その返事に女神は笑顔を返すと、ロルフの手を取って、天に昇っていきました。

「マリナ！　泣かないでおくれ！　ルドルフが守ってくれるよ！　ルドルフ！　母さんと、みんなをたのむ！　私が天から見守っているよ！　この小さな王国に、祝福あれ！」

最後にロルフがそう言って、天から祝福を送ると、小さな王国の空に、きれいな虹がかかりました。それを見た人々は、神の祝福だとおどろき、胸に手を当てて感謝し、王国の繁栄と、未来の幸せを祈ったという事です。

〈おわり〉

あとがき

「3回生きた王様」を読んでくださった皆さん、ありがとうございます。楽しんで頂けたでしょうか？　本作は、私にとって、2作目の児童小説ですが、タイトルからもわかる通り、「100万回生きたねこ」にヒントを得た作品です。どちらの作品も、過ちを繰り返しながら、真実の愛や幸福にたどり着くというお話ですが、気ままなねこと、責任のある王様とでは、話の流れはずいぶんと変わってきましたね。個人の幸せを求める事も大切ですし、家族や家庭の幸せを考える事も大切です。そして、社会全体の事を考える事も大切ですね。今、世界では、争いが起こっていますが、突き詰めていけば、ほんの小さな争いから始まった事かもしれません。争いをなくすにはどうしたらよいのか？　そんなメッセージも込めたつもりです。本作は、アンデルセン童話のような物語も目指しましたので、ラストはメリーバッドエンド（捉え方によって幸不幸の解釈が変わるお話）の形にしました。３回目の人生でロルフは若くして亡くなってしまいますが、物語全体を通して考えてみると、「これがハッピーエンドだったのかもしれない」とも感じられるラストだったと思います。また、本作には、ヘッセの「アウグスツス」や、ゲーテの「ファウスト」など、西洋古典文学へのオマージュも取り入れていますので、気になった方は、こちらも読んでみてくださいね。人生に、正解、不正解というものは無いかと思いますが、その時の選択によって、未来が変わるという事は事実です。みなさんが素晴らしい選択をして、幸せにたどり着くことを祈っています。

きみはら　なりすけ

きみはら なりすけ（本名：鈴木公成）
福島県須賀川市出身。市議や映像作家などマルチな活動を経て、２０２３年、空想特撮小説「怪人家族の総選挙」で児童文学作家デビュー。映像作品の代表作としては、映画「ニート選挙」がある。

３回生きた王様

2025 年 3 月 13 日　　第 1 刷発行

著　者 ―― きみはらなりすけ
発　行 ―― つむぎ書房
〒 103-0023　東京都中央区日本橋本町 2-3-15
https://tsumugi-shobo.com/
電話／ 03-6281-9874
発　売 ―― 星雲社（共同出版社・流通責任出版社）
〒 112-0005　東京都文京区水道 1-3-30
電話／ 03-3868-3275

ISBN 978-4-434-35112-9